LA COLÈRE

# LA COLÈRE.

## CHANSONNETTE.

Air : *Au clair de la lune.*

A moi qui suis sage,
Qui le fus toujours,
Tenir ce langage,
De pareils discours !
Vous mettre en colère ;
Je puis dire, hélas !...
En vérité, Pierre,
Vous n'y pensez pas.

Grand Dieu ! quelle audace !
Laissez-moi, Monsieur....
Que je vous embrasse....
Ah ! fi, quelle horreur !
Je vois qu'on espère
Prendre ici le pas ;
En vérité, Pierre,
Vous n'y pensez pas.

Mais quelle folie !
Vous, à mes genoux !
Ah ! Monsieur, je crie ;
Monsieur, levez-vous ;

## JANVIER 1829.

N. L. le 5. P. Q. le 12.
P. L. le 20. D. Q. le 28.

| | | |
|---|---|---|
| jeu | 1 | CIRCONCISION. |
| ven | 2 | s. Bazile, év. |
| sam | 3 | *ste. Geneviève.* |
| D. | 4 | s. Rigobert. |
| lun | 5 | s. Siméon. |
| mar | 6 | L'EPIPHANIE. |
| mer | 7 | s. Théau, orf. |
| jeu | 8 | s. Lucien, év. |
| ven | 9 | s. Furcy, abb. |
| sam | 10 | s. Paul, erm. |
| D. | 11 | s. Théodose. |
| lun | 12 | s. Arcadius. |
| mar | 13 | Bapt. de N. S. |
| mer | 14 | s. Hilaire, év. |
| jeu | 15 | s. Maur, abb. |
| ven | 16 | s. Guillaume. |
| sam | 17 | s. Antoine, ab. |
| D. | 18 | Ch. s. P. à R. |
| lun | 19 | s. Sulpice, é. |
| mar | 20 | s. Sébastien. |
| mer | 21 | ste. Agnès, v. |
| jeu | 22 | s. Vincent, m. |
| ven | 23 | s. Ildefonce. |
| sam | 24 | s. Babylas, é. |
| D. | 25 | Conv. s. Paul. |
| lun | 26 | ste. Paule, v. |
| mar | 27 | s. Julien, év. |
| mer | 28 | s. Charlemag. |
| jeu | 29 | s. Franç. de S. |
| ven | 30 | ste. Batilde. |
| sam | 31 | s. Pierre N. |

## FÉVRIER.

N. L. le 4. P. Q. le 10.
P. L. le 18. D. Q. le 26.

| | | |
|---|---|---|
| D. | 1 | s. Ignace. |
| lun | 2 | PURIFICATION |
| mar | 3 | s. Blaise, év. |
| mer | 4 | s. Philéas. |
| jeu | 5 | ste. Agathe. |
| ven | 6 | s. Vast. |
| sam | 7 | s. Romuald. |
| D. | 8 | s. Jean de M. |
| lun | 9 | s°. Apolline. |
| mar | 10 | s°. Scolastiqu. |
| mer | 11 | s. Severin, ab. |
| jeu | 12 | ste. Eulalie. |
| ven | 13 | s. Lezin. |
| sam | 14 | s. Valentin. |
| D. | 15 | *Septuagésime.* |
| lun | 16 | ste. Julienne. |
| mar | 17 | s. Théodule. |
| mer | 18 | s. Simeon, év. |
| jeu | 19 | s. Gabin, m. |
| ven | 20 | s. Eucher, év. |
| sam | 21 | s. Pepin. |
| D. | 22 | *Sexagésime.* |
| lun | 23 | s. Damien. |
| mar | 24 | s. Mathias. |
| mer | 25 | s. Tarsise, év. |
| jeu | 26 | s. Porphire. |
| ven | 27 | ste. Honorine. |
| sam | 28 | s. Romain. |

*Epacte.* XXV.
*Let. Dom.* D.

## MARS.

N. L. le 5. P. Q. le 12.
P. L. le 20. D. Q. le 28.

| | | |
|---|---|---|
| D. | 1 | *Quinquagés.* |
| lun | 2 | s. Simplice. |
| mar | 3 | s°. Cunegonde |
| mer | 4 | *Les Cendres.* |
| jeu | 5 | s. Drausin. |
| ven | 6 | *Les 5 Plaies.* |
| sam | 7 | ste. Perpétue. |
| D. | 8 | *Quadragésim* |
| lun | 9 | ste. Françoise. |
| mar | 10 | s°. Doctrovée. |
| mer | 11 | *Quatre-Tems.* |
| jeu | 12 | s. Pol, évêque. |
| ven | 13 | ste. Euphrasie |
| sam | 14 | s. Lubin. |
| D. | 15 | *Reminiscere.* |
| lun | 16 | s. Abraham. |
| mar | 17 | s. Gertrude. |
| mer | 18 | s. Alexandre. |
| jeu | 19 | s. Joseph. |
| ven | 20 | s. Joachim. |
| sam | 21 | s. Benoît, ab. |
| D. | 22 | *Oculi.* |
| lun | 23 | s. Ensèbe, év. |
| mar | 24 | s. Simon, m. |
| mer | 25 | ANNONCIATI. |
| jeu | 26 | s. Irenée. |
| ven | 27 | s. Rupert, év. |
| sam | 28 | s. Gontrand. |
| D. | 29 | *Lætare.* |
| lun | 30 | s. Rieul, év. |
| mar | 31 | s°. Balbine. |

## AVRIL.

N. L. le 3. P. Q. le 11.
P. L. le 19. D. Q. le 26.

| | | |
|---|---|---|
| mer | 1 | s. Hugues, év. |
| jeu | 2 | s. Franç. de P. |
| ven | 3 | s. Richard. |
| sam | 4 | s. Ambroise. |
| D. | 5 | *La Passion.* |
| lun | 6 | s. Prudent, é. |
| mar | 7 | s. Hégésipe. |
| mer | 8 | s. Perpet, év. |
| jeu | 9 | ste. Marie, é. |
| ven | 10 | La Compass. |
| sam | 11 | s. Léon, pap. |
| D. | 12 | *Les Rameaux* |
| lun | 13 | s. Marcellin. |
| mar | 14 | s. Tiburce. |
| mer | 15 | s. Paterne. |
| jeu | 16 | s. Fructueux. |
| ven | 17 | *Vendredi-S.* |
| sam | 18 | s. Parfait. |
| D. | 19 | PASQUES. |
| lun | 20 | s°. Hildegond. |
| mar | 21 | s. Anselme. |
| mer | 22 | s. Opportune. |
| jeu | 23 | s. Georges, m. |
| ven | 24 | ste. Beuve. |
| sam | 25 | s. Marc, abst. |
| D. | 26 | *Quasimodo.* |
| lun | 27 | s. Polycarpe. |
| mar | 28 | s. Vital, mar. |
| mer | 29 | s. Robert, ab. |
| jeu | 30 | s. Eutrope. |

## MAI.

N. L. le 3. P. Q. le 10.
P. L. le 18. D. Q. le 25.

| | | |
|---|---|---|
| ven | 1 | s. Jacq. s. Ph. |
| sam | 2 | s. Athanase. |
| D. | 3 | Invent. s°. Cr. |
| lun | 4 | ste. Monique. |
| mar | 5 | s. Pie V. |
| mer | 6 | s. Jean P. L. |
| jeu | 7 | s. Stanislas. |
| ven | 8 | s. Désiré. |
| sam | 9 | s. Grégoire. |
| D. | 10 | s. Gordien. |
| lun | 11 | s. Mamert, é. |
| mar | 12 | s. Jules. |
| mer | 13 | s. Servais. |
| jeu | 14 | s. Boniface. |
| ven | 15 | s. Isidore. |
| sam | 16 | s. Honoré. |
| D. | 17 | s. Paschal. |
| lun | 18 | s. Félix. |
| mar | 19 | s. Célestin, p. |
| mer | 20 | s. Bernardin. |
| jeu | 21 | s. Hospice. |
| ven | 22 | ste. Julie. |
| sam | 23 | s. Didier, év. |
| D. | 24 | s. Donatien. |
| lun | 25 | *Les Rogations* |
| mar | 26 | s. Philip. de N. |
| mer | 27 | s. Hildevert. |
| jeu | 28 | ASCENSION. |
| ven | 29 | s. Maximin. |
| sam | 30 | s. Hubert, év. |
| D. | 31 | ste. Pétronille. |

## JUIN.

N. L. le 1. P. Q. le 9.
P. L. le 17. D. Q. le 24.

| | | |
|---|---|---|
| lun | 1 | s. Justin. |
| mar | 2 | s. Pothin. |
| mer | 3 | ste. Clotilde. |
| jeu | 4 | s. Quirin, m. |
| ven | 5 | s. Erasme. |
| sam | 6 | s. Claude. *V. J.* |
| D. | 7 | PENTECOT |
| lun | 8 | s. Médard. |
| mar | 9 | ste. Pelagie. |
| mer | 10 | s. Landry. 4 T. |
| jeu | 11 | s. Barnabé. |
| ven | 12 | s. Basilide. |
| sam | 13 | s. Antoine de P |
| D. | 14 | *La Trinité.* |
| lun | 15 | s. Guy, mart. |
| mar | 16 | s. Fargeau. |
| mer | 17 | s. Avit, abbé. |
| jeu | 18 | FÊTE-DIEU. |
| ven | 19 | s. Gerv. s. Pr. |
| sam | 20 | s. Silvère. |
| D. | 21 | s. Loufroy, ab. |
| lun | 22 | s. Paulin, év. |
| mar | 23 | s. Félix, m. |
| mer | 24 | *s. Jean-Bapt.* |
| jeu | 25 | *Oct. Fête-Dieu* |
| ven | 26 | s. Babolein. |
| sam | 27 | s. Ladislas. *vj.* |
| D. | 28 | s. Irenée. |
| lun | 29 | ss. *Pierre et P.* |
| mar | 30 | Comm. s. P. |

# COLIBRI

PARIS

LOUIS JANET, LIBRAIRE,

S.<sup>t</sup> Jacques N.º 59.

# Colibri.

~~~~~~~~~~~~~~~~~~~~~~~~~~~~~~~~~~~~~~~~~~~

## COLIBRI.

### ROMANCE.

### Air *à faire*.

————⋆————

Oiseau chéri,
Beau Colibri !

D'Osmin, de l'ingrat que j'adore
Il ne me reste plus que toi.
Hélas ! il a trahi sa foi.
Pourtant ma voix l'appelle encore.
  Oiseau chéri,
  Beau Colibri !

Tu fus témoin de son ivresse,
De ses transports, de ses soupirs ;
Il oublie au sein des plaisirs
Et ses sermens et sa maîtresse.
~~~~~~~~~~~~~~~~~~~~~~~~~~~~~~~~~~~~~~~~~~~

Oiseau chéri,
Beau Colibri !

A croire cet amant volage,
Je devais le charmer toujours ;
De nos passagères amours,
Quel est le fruit, quel est le gage.
        Oiseau chéri,
        Beau Colibri !

Le gage est une âme offensée
Le fruit, un cruel abandon.
C'est à mes pieds qu'est son pardon ;
D'y venir a-t-il la pensée ?
        Oiseau chéri,
        Beau Colibri !

Non, non ; perdons-en l'espérance,
Osmin se rit de mes douleurs ;
La mort en tarissant mes pleurs,
Va mettre un terme à ma souffrance.
        Oiseau chéri,
        Beau Colibri !

Mais quel émoi ! j'en suis saisie ;
Mon cœur s'élance, il bat soudain ;
C'est lui… lui-même ! c'est Osmin ;
Je vais donc renaître à la vie.
        Oiseau chéri,
        Beau Colibri !

Que voulez-vous faire ?
Dieu ! quel embarras !
En vérité , Pierre ,
Vous n'y pensez pas.

Vîte , que l'on sorte ;
Sortez , je le veux ;
Si j'étais plus forte....
Allez , c'est affreux.
Mais , quel caractère !
Vous partez , hélas !
En vérité , Pierre ,
Vous n'y pensez pas.

BOUCHER de PERTHES.

# JE REVENAIS DE MON VILLAGE.

## CHANSONNETTE.

Air : *Excusez si je vous dérange.*

Autrefois , d'un sexe enchanteur
Je n'osais contempler les charmes ;
Près de lui palpitait mon cœur,
Et mes yeux se mouillaient de larmes;
D'une douce divinité
Il m'offrait la riante image ;...
Excusez ma simplicité ,          (bis)
Je revenais de mon village.

L'amour que je sentais si bien,
Je sus l'inspirer à Julie ;
Nos transports , notre doux lien ,
Devaient durer toute la vie.
Je crus à la sincérité
D'un cœur qui bientôt fut volage.....
Excusez ma simplicité ,          (bis).
Je revenais de mon village.


Hélas ! quand je perdis son cœur ,
Je crus tout perdre sur la terre ;
A mes yeux l'espoir , le bonheur
Ne semblaient plus qu'une chimère ;
Je jurai que nulle beauté
N'aurait désormais mon hommage....
Excusez ma simplicité ,          (bis).
Je revenais de mon village.


Je devins volage à mon tour ;
Mais encor novice infidèle ,
J'eus peur qu'un désespoir d'amour
Ne causât la mort de ma belle.
D'une telle naïveté ,
Mesdames , vous riez , je gage.....
Excusez ma simplicité ,          (bis).
Je revenais de mon village.

# [ LE SERMENT DES AMOURS.

## ROMANCE.

Air : *Un soir dans la forêt prochaine.*

« O fils malin de Cythérée !
Je connais ton piége trompeur ;
Fuis, et vas sur un autre cœur
Essayer ta flèche acérée ;
J'ai passé l'aimable saison
Où tu pouvais charmer ma vie,
Et six lustres m'ont asservie
Au joug de la froide raison. »

« Jeunes beautés, ornez vos têtes,
Ceignez-les de myrtes et de fleurs ;
Régnez par mille attraits vainqueurs,
Et gardez vos douces conquêtes ;
L'espoir qui peut vous animer
N'est point un espoir téméraire...
Jouissez et du droit de plaire,
Et du bonheur si grand d'aimer. »

« C'est pour vous, riante jeunesse,
Que la nature s'embellit ;
Pour vos yeux la rose fleurit ;
C'est vous que Zéphire caresse ;

Moi, le temps accourt me frapper
Du bout de sa faux homicide,
Et je fais un adieu rapide
Aux biens qui me vont échapper. »

« Des ans je veux prévoir l'injure
Quand me suit encor le plaisir,
Quand mon front peut s'enorgueillir
D'une ondoyante chevelure ;
Je veux, pendant quelques beaux jours
D'erreur et de tendre délire,
Peut-être en fuyant leur empire,
Laisser un regret aux amours. »

M<sup>me</sup> DESROCHES.

---

# LA FILLE MAL GARDÉE.

## CHANSON.

### Air : *de l'Angelus.*

Permettez-moi, bonne maman,
De suivre vos pas dans la plaine ;
En vain je vous prie instamment,
Je vois que ma prière est vaine.
Vous m'enfermez sans m'écouter ;
Ah ! ne craignez pas que je sorte ;
Sur ma sagesse on peut compter :
Maman, pourquoi fermer la porte ?

C'est Colin , je l'entends marcher...
Il m'appelle.... il m'offre une rose...
Que faire pour nous rapprocher ?
A nos vœux la porte s'oppose.
Colin , sans se désespérer ,
Et dans l'ardeur qui le transporte ,
Par la fenêtre veut entrer...
Maman , pourquoi fermer la porte ?

Quoi ! vous tombez à mes genoux
En m'exprimant votre tendresse !
Monsieur Colin , relevez-vous ,
J'excuse l'amour qui vous presse ;
Je vois qu'il veut recommencer ;
A finir en vain je l'exhorte ;
Hélas , il ose m'embrasser ?
Maman , pourquoi fermer la porte ?

Près du logis j'entends des pas ;
La clef tourne dans la serrure ;
Ma mère, ne me grondez pas,
C'est malgré moi, je vous le jure ;
Contre un amant plein de désir ,
Je devais être la moins forte ;
De quel côté pouvais-je fuir ?
Maman , pourquoi fermer la porte ?

L. FESTEAU.

IL EST MINUIT.

# IL EST MINUIT.

## ROMANCE.

### Musique de *Benedit.*

Tout est calme dans l'univers ;
Zéphire retient son haleine ;
Phœbé veille seule, et promène
Son pâle flambeau dans les airs.
Interprète auguste et fidèle
Du temps qui s'envole et qui fuit,
L'airain au sommeil nous appelle :
Il est minuit.

L'infortuné dans le repos
Cherche l'heureux oubli des peines ;
Et tandis que sur ses domaines
L'hymen prodigue ses pavots,
Des amours la troupe légère
Que le plaisir guide et conduit
Va sonner l'éveil à Cythère :
Il est minuit.

C'est l'heure où plus d'un vieil époux
Sent augmenter sa jalousie ;
L'heure où femme jeune et jolie
Voit refermer grille et verroux ;

Mais à travers verroux et grille
L'Amour se glisse et s'introduit ;
Quand du bonheur l'aurore brille,
Il est minuit.

Faut-il trahir tous les secrets
Dont la nuit est dépositaire ?
Faut-il dévoiler le mystère
Qui le cache aux yeux indiscrets ?
A l'Amour demeurons fidèle ;
Taisons-nous, ou plutôt, sans bruit,
Profitons d'une heure aussi belle :
Il est minuit.

GIBELIN.

## LA LOI D'AMOUR.

### ROMANCE.

Air : *Il est un dieu pour les auteurs.*

Vous qui bientôt, heureux amans,
Entrez dans la saison de plaire,
Apprenez que, de tous les temps,
Un code exista dans Cythère ;
Le fils de Vénus et sa cour
De l'adopter se sont fait gloire ;
Gravez-le dans votre mémoire :
Voilà, voilà la loi d'amour.

En chevalier noble et vaillant,
Soutenir l'honneur de sa dame ;
Etre discret, soumis, galant,
Brûler d'une éternelle flamme ;
Sentir à chaque instant du jour
Augmenter son tendre délire,
Briguer un regard, un sourire....
Voilà, voilà la loi d'amour.

Loin d'éprouver le vil transport
Que fait naître la jalousie,
Vivre dans un parfait accord,
Se confier à son amie,
Lui parler sans aucun détour,
Par ses soins et par sa tendresse
Solliciter une caresse.....
Voilà, voilà la loi d'amour.

Si le destin, par sa rigueur,
Exige au loin votre présence,
Retrouver au fond de son cœur
Des traits chéris durant l'absence ;
Nourrir doux espoir de retour,
Et revenir près de sa belle,
Aussi constant, aussi fidèle :
Voilà, voilà la loi d'amour.

H. T. Poisson.

# VOYAGE A BARRÈGE.

## ROMANCE.

Air : *Que j'aime à voir les hirondelles !*

Plaignez la pauvre voyageuse ;
Ce mal qu'on appelle langueur ,
Par une atteinte douloureuse ,
A de ses jours terni la fleur ;
Pour son cœur nouvelle souffrance ,
Des adieux voilà le moment ;
Vers les monts qui bornent la France ,
Elle chemine en soupirant.

Du sein des roches menaçantes ,
Dans ce paysage enchanteur ,
Jaillissent les eaux bienfaisantes
Qui doivent calmer sa douleur ;
Bravant l'aquilon en furie ,
Aux sommets elle veut gravir ;
Et le compagnon de sa vie
N'est pas là pour la secourir.

Ses yeux, au lever de l'aurore ,
Parmi tant d'horribles beautés ,
Cherchent à découvrir encore
Les lieux chéris qu'elle a quittés ;

Son cœur se ranime ; il s'élance
Vers les objets de son amour :
Elle jouit en espérance
De tous les plaisirs du retour.

~~~~~~~~~~~~~~~~~~~~~~~~~~~~~~~~~~~~~~~~

## C'EST POUR RIRE.

CHANSONNETTE.

Air : *Avec vous sous le même toit.*

Pourquoi donc te montrer jaloux ,
Colin, lorsque, sous la charmille ,
Monseigneur me fait les yeux doux
Et me dit que je suis gentille ?
Crois-tu que de ses complimens
La douceur me flatte et m'attire ?
S'il va parfois jusqu'aux sermens ,
Ne vois-tu pas que c'est pour rire ?

Près de moi s'il vient se placer ,
Quand nous folâtrons sur l'herbette ,
Me faudra-t-il le repousser ?
Serais-je à ce point indiscrète ?
Au fond de nos rians bosquets,
Si sa main , dans un gai délire,
Arrange pour moi des bouquets ,
Ne vois-tu pas que c'est pour rire ?
~~~~~~~~~~~~~~~~~~~~~~~~~~~~~~~~~~~~~~~~

A l'ombre de ces arbrisseaux,
Tous les matins il vient m'attendre ;
Si je chante au bord des ruisseaux,
Il a du plaisir à m'entendre ;
Et quand, prompte à lui refuser
Le gage que son cœur désire,
Il me vole quelque baiser,
Ne vois-tu pas que c'est pour rire ?

Il exige, en cueillant des fleurs,
Que sur son bras le mien s'appuie ;
Lorsque tu fais couler mes pleurs,
C'est toujours lui qui les essuie.
Penses-tu qu'il ait le dessein
De m'offenser ou de me nuire ?
S'il me presse contre son sein,
Ne vois-tu pas que c'est pour rire ?

De ce village il est seigneur
Et je ne suis qu'une bergère ;
Mais il veut faire mon bonheur,
Il me l'a dit sur la fougère ;
Ah ! si pour prix de ce bienfait
Une rose pouvait suffire,
L'échange serait bientôt fait.....
Ne vois-tu pas que c'est pour rire ?

Si tu veux obtenir ma main ,
Mon cher Colin, sois donc plus sage ;
Car monseigneur, à notre hymen ,
Doit présider , selon l'usage ;
Nous savons tous ce qu'on lui doit ;
Mais quand ce jour viendra nous luire ,
S'il allait réclamer son droit......
Ne vois-tu pas que c'est pour rire ?

AUGUSTE MOUFFLE.

# AMI, NE T'EN VA PAS ENCORE.

### MÉLODIE.

Ami, ne t'en va pas encore,
Car voici l'heure où les plaisirs ,
Les tendres secrets, les désirs ,
Vont venir à qui les implore ,
Semblables à ces fleurs d'amour
Qui, redoutant l'éclat du jour,
Attendent la nuit pour éclore ;
Ami, ne t'en va pas encore !

Sources d'Ammon, vos belles eaux
Qui tout le jour restaient glacées,
Au sein de la nuit élancées,
S'échappaient en brûlans ruisseaux ;

Ainsi, les regards qu'on adore,
Froids et distraits pendant le jour,
La nuit brillent des feux d'amour :
Ami, ne t'en va pas encore !

Vois, quelle guirlande de fleurs
Ce soir le plaisir nous envoie ;
De long-temps peut-être nos cœurs
N'auront ce doux parfum de joie ;
C'est dans la nuit que la beauté
Laisse tomber sur qui l'adore
Ses regards pleins de volupté...
Ami, ne t'en va pas encore.

N'abandonne pas nos plaisirs !
Par toi seul j'en goûte l'ivresse ;
Si tu pars !... pleine de tristesse,
Je n'ai plus ni vœux, ni désirs !
Reste ! jamais, jamais l'aurore
Ne t'offrira de si doux yeux
Que ceux qui brillent en ces lieux !..
Ami, ne t'en va pas encore !

ULRIC GUTTINGUER.

# SI JEUNESSE SAVAIT, SI VIEIL-LESSE POUVAIT.

Air : *Que ne suis-je la fougère !*

Que de sottises j'ai faites !
J'en conviens ; mais vain regret !
Que ne naissons-nous prophètes !
Ah ! si jeunesse savait !
Maintenant que les années
Ont dégarni mon toupet,
Je n'ai plus que mes pensées ;
Ah ! si vieillesse pouvait !

Jeune ou vieux on n'est pas sage,
Je l'avoue avec sujet ;
Jeune, on se dit mon adage :
Ah ! si jeunesse savait !
Vieux, on a l'expérience,
Triste bien qui me déplaît ;
On sait,... pauvre jouissance ;
Ah ! si vieillesse pouvait !

Jeune fille en son extase
Croit l'amour un bien parfait;
Un charme inconnu l'embrase ;
Ah ! si jeunesse savait !

Grâce à moi, la belle arrive
Au savoir le plus complet !
Mais, adieu la récidive.....
Ah ! si vieillesse pouvait !

L'ambition nous désole ;
Chaque jour, nouveau souhait ;
Mais, pour juger cette idole,
Ah ! si jeunesse savait !
L'âge mûr nous désabuse,
Et la vie est un creuset
Où tout s'affaiblit, tout s'use :
Ah ! si vieillesse pouvait !

Toutes plaintes sont frivoles ;
Qu'en revient-il en effet ?
Renonçons à ces paroles :
Ah ! si jeunesse savait !
Mais il n'en est pas de même
Du dernier vers du couplet ;
Près de vous, beautés que j'aime,
Ah ! si vieillesse pouvait !

T.....

◇◇✳◇◇

# AH ! MES ENFANS, JE SUIS BIEN VIEUX.

## CHANSON.

Air : *Chaque nuit mon âme abusée.*

Je suis le plus vieux du village,
Et vous pouvez, petits enfans,
Quand on parlera de mon âge,
Dire que j'ai passé cent ans ;
Déjà ma pauvre voix chevrote ;
J'ai vu blanchir tous mes cheveux ;
Je crois même que je radote...
Ah ! mes enfans, je suis bien vieux.

J'ai vu la rose, fleur chérie,
J'ai vu la feuille de nos bois,
J'ai vu l'herbe de la prairie,
Se renouveler bien des fois ;
Chaque jour, sans en prendre ombrage,
Je vois périr le tronc poudreux
Du chêne qui marquait mon âge.......
Ah ! mes enfans, je suis bien vieux.

Autrefois, par la pauvre Lise
Mes instans furent embellis ;
Ma barbe alors n'était pas grise,
Ni ma tête, couleur de lis ;

Lise fut cinquante ans fidèle,
Et moi cinquante ans amoureux...
Depuis trente ans, séparé d'elle,
Ah ! mes enfans, je suis bien vieux.

Mes amis, le vin vieux me tente ;
Il a quarante ans celui-là,
Et j'en conservais de cinquante
Lorsque mon pressoir le foula ;
Mais à la cour, mais au village,
Est-il buveur assez heureux
Pour en avoir bu de mon âge....
Ah ! mes enfans, je suis bien vieux.

Chers enfans, tout est éphémère ;
Et quoiqu'ici depuis long-temps,
Il me semble que sur la terre
Je n'ai passé que quelques ans ;
Pourtant j'ai vu cesser de vivre
Les fils de mes petits neveux ;
Je crois qu'enfin je vais les suivre......
Ah ! mes enfans, je suis bien vieux.

Robert de Rigouléne.

LE CARNAVAL

# LE CARNAVAL.

## CHANSON.

Air : *La comédie est un miroir.*

Dans la rigoureuse saison
L'âme perd de son énergie,
C'est ce qui fait que la raison
Prend les grelots de la folie ;
Afin de prévenir le mal
De la nature en léthargie,
On inventa le carnaval
Qui chassa la mélancolie.

Sur la neige, dans des traîneaux,
En Suède ainsi qu'en Russie,
On voyage couvert de peaux
Des animaux de Sibérie ;
Pour parer à l'air glacial,
D'un masque on couvre sa figure ;
Mais ceux qu'on porte au carnaval
Sont un outrage à la nature.

Il est à présent, par malheur,
Beaucoup de masques invisibles :
Tel affecte un air de douceur,
Qui cache des desseins horribles ;

Prenez garde à ces masques là,
Jeunesse sans expérience.,
Car le vice à coup sûr prendra
Toujours celui de la décence.

Dans les grands froids de février,
Loin de s'amuser à la danse,
Un instant volez au grenier
Pour y réchauffer l'indigence ;
Il n'est point de plaisir égal
A celui qu'on goûte à bien faire :
Dépensez moins au carnaval,
Et donnez plus à la misère.

M<sup>me</sup> PERRIER.

## THIBAUT.

### CHANSONNETTE.

Air : *Vent brûlant d'Arabie.*

Des amans de notre âge
Vous avez le meilleur ;
Il est doux, il est sage,
Toujours de bonne humeur ;
Toujours soigneux de plaire ,
Modeste et complaisant,
Aimez Thibaut, ma chère,
C'est un si bon enfant !

Que vous alliez seulette
Courir dans les bosquets,
Sa tendresse discrète
Ne s'en plaindra jamais ;
Il sait que sa bergère
A le cœur si constant :
Aimez Thibaut, ma chère,
C'est un si bon enfant !

Si par fois sous l'ombrage
Vous rencontrez Lucas,
C'est un hasard, je gage,
Il ne s'en fâche pas ;
Lucas, dit-on, sait plaire ;
Mais on est si méchant !
Aimez Thibaut, ma chère,
C'est un si bon enfant !

Le jour où la plus sage
Fut choisie entre nous,
Thibaut fut au bocage,
Et monseigneur chez vous ;
Vous fûtes la rosière,
C'était juste vraiment :
Aimez Thibaut, ma chère,
C'est un si bon enfant !

Boucher ed Perthes.

# CELUI QUE JE PRÉFÈRE.

## CHANSON.

Air : *Partant pour la Syrie.*

J'aime le jeu, les belles,
Le vin et les chevaux ;
J'aime les tourterelles,
Les fleurs et les ruisseaux ;
D'une amitié sincère
Je chéris le lien ;
Mais à tout je préfère
Savez-vous quoi ?.. mon chien.

Médor est le modèle
Des sages d'ici bas ;
Il est discret, fidèle,
Et ne s'en vante pas ;
Aux soupçons, à l'envie,
Médor ne conçoit rien ;
Pour la philosophie,
Vive mon pauvre chien !

Il n'est pas romantique,
Et de larmes exempt,
Son amour tout physique
N'en est pas moins ardent ;

Soit carline ou levrette
Pour lui c'est toujours bien :
Amans, je vous souhaite
Le bonheur de mon chien.

Dans mon impatience,
Si je veux le chasser,
Lui, rempli d'indulgence,
Accourt me caresser ;
Pour l'indigent, traitable,
Il gronde le vaurien :
On n'est pas plus aimable
Que Médor, mon bon chien.

La fortune volage
Peut m'ôter ses présens,
Et dans un ermitage
Confiner mes vieux ans ;
Plaisirs, honneurs, richesse,
Je ne regrette rien,
Pourvu qu'elle me laisse
Médor, mon pauvre chien.

P. HÉDOUIN.

◇◇✳◇◇

# COMME JE LE VOUDRAIS.

## CHANSON.

Air : *Du partage de la richesse.*

Si d'aimer je fais la folie,
Je veux que l'esprit, la gaîté,
Chez mon amant toujours s'allie
A la candeur, à la bonté ;
Je veux qu'il m'aime avec ivresse,
Que mes désirs fassent sa loi,
Que son cœur, tout à la tendresse,
L'attire toujours près de moi.

Je veux, s'il reçoit un outrage,
Qu'il le repousse avec fierté ;
Un lâche, en m'offrant son hommage,
Ne sera jamais écouté ;
Je veux qu'il joigne à la franchise
La douceur et l'urbanité ;
Je veux qu'il prenne pour devise :
*Amour, constance et loyauté.*

Je ne tiens pas à la figure ;
Mais je veux qu'il ait de beaux yeux,
Qu'il me plaise par sa tournure
Et son maintien majestueux ;

Je veux qu'il s'énonce avec grâce,
Et qu'il agisse noblement ;
Je veux qu'il ait un peu d'audace,
Sans jamais être entreprenant.

Je veux que son âme rebelle
Résiste aux traits de la beauté ;
Qu'il me préfère à la plus belle,
Et me jure fidélité ;
Mais si, par un tendre caprice,
Il mérite un jour mon courroux,
Je veux qu'un seul mot le punisse
Et le ramène à mes genoux.

J'aurai parfois la fantaisie
D'inquiéter mon jeune ami ;
Un petit grain de jalousie
Réveille un amour endormi ;
Mais sitôt que de sa tendresse
Mon cœur ne pourra plus douter,
Par un sourire, une caresse,
Je saurai bien le consoler.

M<sup>lle</sup> M. C***

# LES CONDITIONS AVANT L'HY-
# MEN.

### CHANSON.

Je vais donc former avec vous
Des liens qui seront bien doux;
Votre humeur est vraiment charmante,
Et partout je sais qu'on la vante;
Recevez ma main et mon cœur;
Je veux faire votre bonheur;
Je ne serai point exigeante;
Etre douce, être complaisante,
    Sera ma loi:
    Comptez sur moi.

L'absence refroidit le cœur;
Promettez-moi, sur votre honneur,
De ne point vous mettre en voyage;
S'éloigner n'est pas du tout sage.....
Je vous laisse, après ce traité,
Une totale liberté.
Je ne serai point exigeante, etc.

N'imitez pas ce triste époux
Toujours froid, et pourtant jaloux,
Dont le cœur jamais ne s'enflamme
Que pour une autre que sa femme;
Excepté cet article là,

LES CONDITIONS AVANT L'HYMEN.

( 29 )

Vous ferez ce qu'il vous plaira :
Je ne serai point exigeante, etc.


J'aime la mode, et j'ai raison ;
Car une femme de bon ton
Doit toujours soigner sa parure ;
Laissez-moi, je vous en conjure,
La clef de votre coffre-fort,
Et toujours nous serons d'accord :
Je ne serai point exigeante ;
Etre douce, être complaisante,
 Sera ma loi :
 Comptez sur moi.

  Mme MOREAUX d'OMATRE.

## COMMENT RÉSISTER A L'AMOUR.

ROMANCE.

Comment résister à l'amour ?
Lorsque dans la saison des roses
Brillent ces fleurs fraîches écloses ;
Comment résister à l'amour ?
Lorsqu'au printemps, dans la cam-
 pagne,
Jeune beauté nous accompagne :
Comment résister à l'amour ?

Comment résister à l'amour ?
Lorsqu'avec celle qu'on adore
On voit naître et lever l'aurore ;
Comment résister à l'amour ?
Quand, sous un berceau de verdure ,
De l'onde on entend le murmure :
Comment résister à l'amour ?

Comment résister à l'amour ?
Lorsqu'on croit voir une naïade
Rêver au bruit de la cascade ;
Comment résister à l'amour ?
Lorsqu'on entend sous le feuillage
Des oiseaux le tendre ramage :
Comment résister à l'amour ?

Comment résister à l'amour ?
Quand zéphire, de son haleine
Rafraîchit les bois et la plaine ;
Comment résister à l'amour ?
Lorsque , soupirant pour sa belle ,
Sur la fougère on est près d'elle :
Comment résister à l'amour ?

Comment résister à l'amour ?
Lorsque dans le sein d'Amphytrite
Le dieu du jour se précipite ;
Comment résister à l'amour ?

Auprès d'une amante bien tendre ,
Lorsque la nuit vient vous surprendre,
Comment résister à l'amour ?

BOUTROUX de Montargis.

# LE REFRAIN DU GRAND-PAPA.

Air : *J'ons un curé patriote.*

Depuis que le monde existe ,
Nous allons de mal en pis ;
Le temps présent, c'est bien triste !
Ne vaut pas le temps jadis ;
Les hommes étaient vaillans ;
Près du sexe plus galans ,
   Moins savans ,
   Moins pédans :
Vive ! vive le vieux temps !
Mes enfans , vive le vieux temps !

Sans travailler comme quatre
Au grec ainsi qu'au latin ,
L'homme apprenait à se battre ,
La femme à filer son lin ;
On pouvait, sans rudiment,
Savoir cela promptement.
   Mes enfans ,
   Ces talens

Etaient ceux du bon vieux temps,
Etaient les seuls du bon vieux temps.

Une vaillante jeunesse
Exerçait dans le tournoi
Ses forces et son adresse
Devant sa dame ou son roi ;
Quand on avait le dessous,
On était roué de coups :
Mes enfans,
Mes enfans,
C'étaient les jeux du vieux temps,
C'étaient les jeux du bon vieux temps.

La muse simple et naïve
De l'aimable troubadour
Chantait, badine ou plaintive,
Le vin, la gloire et l'amour ;
Les pointes, les calembourgs,
Dans ce temps n'avaient point cours :
Mes enfans,
Mes enfans,
C'était l'esprit du vieux temps,
C'était l'esprit du bon vieux temps.

Au castel, au monastère,
Fiers barons, abbés joyeux,
Fatigués de ne rien faire,
Tout le jour à qui mieux mieux,

Faisaient sauter les bondons ,
Les bouchons et les tendrons :
    Mes enfans ,
    Mes enfans ,
C'étaient les mœurs du vieux temps,
C'étaient les mœurs du bon vieux temps.


Thémis, jugeant sans balance,
Dans un procès délicat
Vous accordait une lance
En guise d'un avocat ;
Et l'on n'avait jamais tort
Quand on était le plus fort :
    Mes enfans ,
    Mes enfans ,
C'étaient les lois du vieux temps ,
C'étaient les lois du bon vieux temps.


Consolons-nous par système :
Car peut-être au temps jadis
Les vieillards disaient de même :
« Nous allons de mal en pis ; »
S'il en est toujours ainsi,
Le bon temps que celui-ci :
    Dans cent ans ,
    Nos enfans
L'appelleront le bon temps ,
L'appelleront le bon vieux temps.

LEVASSEUR.

# LES DIX ANS D'ESTELLE.

ROMANCE.

Air : *Encore aujourd'hui la folle.*

A dix ans la gentille Estelle
A déjà su me captiver ;
Et, comme la rose nouvelle,
Je me plais à la cultiver ;
Pourtant que faut-il que j'espère
De celle qui sut me charmer ?
Elle est assez grande pour plaire,
Et trop petite pour aimer.

Vous devez plaindre mon martyre,
Vous qui voyez mon embarras ;
Je l'aime, et n'ose le lui dire,
Elle ne me comprendrait pas.
Oui, l'âge de ma jeune amie
Semble avoir écrit sur son front :
« Cueille la rose épanouie,
Et laisse éclore le bouton. »

Est-il plus cruelle disgrâce ;
Chaque jour je la vois grandir,
Chaque jour lui donne une grâce ;
Mais chaque jour me fait vieillir :

Tendre Amour, c'est toi que j'implore,
Et puisque tu peux tout, dit-on,
Comme jadis près de l'Aurore,
Rajeunis un nouveau Titon !

ROUTIER.

~~~~~~~~~~~~~~~~~~~~~~~~~~~~~~~~

## LA VIE CHAMPÉTRE.

### CHANSON.

Air : *Lycas aimait la jeune Isméne.*

Tout me rappelle la nature
Dans ces asiles enchanteurs,
Et la vie y coule aussi pure
Que les ondes parmi les fleurs ;
Au pied de ces antiques saules,
Mon cœur de tous soins dégagé,
Par des bienséances frivoles,
N'est ni contraint ni partagé.

O vous ! la plus belle parure
De nos aspects, de nos lointains,
Arbres charmans dont la verdure
Fait l'ornement de nos jardins ;
Sans vous la terre, dépouillée,
Languirait dans un deuil profond,
~~~~~~~~~~~~~~~~~~~~~~~~~~~~~~~~

Verrait sa couronne effeuillée
Se flétrir sur son vaste front.

De nos sources , de nos fontaines ,
Jaillirait un cristal brûlant ,
Qui , loin de ranimer nos plaines ,
Fanerait le gazon naissant ;
Et la fleur , bientôt desséchée ,
Manquant de vie et de fraîcheur ,
Sur sa faible tige penchée ,
N'aurait ni parfum , ni couleur.

Libres enfans de la nature ,
Sans art dispersés dans nos champs ,
Elle soigna votre parure ,
Et vous rendit indépendans ;
Sans vous , nos arides campagnes
N'offriraient ni fruits ni moissons ;
Vous êtes l'orgueil des montagnes
Et la richesse des vallons.

M<sup>lle</sup> M .L. ARNASSANT (de Lyon).

D'une femme, l'amant fidèle
Doit respecter tous les secrets :....
Choisissez donc une autre belle,
Je n'aime pas les indiscrets.

~~~~~~~~~~~~~~~~~~~~~~~~~~~~~~~~

## MA COLOMBE.

### ROMANCE.

O ma colombe chérie,
Quoi ! je vous revois encor ;
Sous le ciel de ma patrie,
Vous reprenez votre essor ;
Mais dans nos champs tout succombe ;
Des méchans craignez les rets ;
   Adieu, douce colombe,
   Retournez aux forêts.

Il n'est plus ce temps prospère
Où, venant à mon secours,
Vous étiez la messagère
De mes volages amours ;
Quand la liberté succombe,
L'amour même est sans attraits :
   Adieu, douce colombe,
   Retournez aux forêts.
~~~~~~~~~~~~~~~~~~~~~~~~~~~~~~~~

Oui , c'est en vain qu'infidèles
Au culte de la beauté,
Mes chants, au bruit de vos ailes ,
Célébraient la liberté :
Dans les fers l'homme retombe ,
Ah ! fuyez loin des palais  :
    Adieu , douce colombe ,
    Retournez aux forêts.

Que n'ai-je votre plumage !
D'un essor audacieux
Echappant à l'esclavage ,
Je volerais jusqu'aux cieux ;
Là , de la foudre qui tombe ,
Je dirigerais les traits.....
    Adieu , douce colombe ,
    Retournez aux forêts.

Dans les bois , heureux asile
Où règnent les seuls zéphirs ,
Loin de moi , libre et tranquille ,
Cherchez d'amoureux loisirs ;
Mais revenez sur ma tombe
Soupirer quelques regrets :
    Adieu , douce colombe ,
    Retournez aux forêts.

# ADIEU, SUZON.

## CHANSON

### Air : *A faire.*

Ta jeunesse venait de naître,
La mienne était près de finir,
Mais en amour je fus ton maître ;
Aimé, je pensai rajeunir :
Pour moi le temps à passé vite,
Je ne suis plus qu'un vieux garçon :
Mon front blanchit, l'Amour me quitte
  Adieu, Suzon.

Souvent aux accords de ma lyre,
Mariant de tendres soupirs,
En toi j'excitai le délire,
Présage des plus doux plaisirs ;
Indocile au doigt qui l'agite,
Mon luth ne rend plus qu'un vain son ;
Ma voix tombe, l'Amour me quitte ;
  Adieu, Suzon.

Quand du soir l'étoile amoureuse
Brillait pour annoncer la nuit,
Des plaisirs la troupe joyeuse
Venait égayer mon réduit ;

ADIEU, SUZON.

Mais hier ils ont pris la fuite,
Chassés par la froide raison ;
Ma gaîté meurt, l'Amour me quitte :
    Adieu, Suzon.

Si l'on peut aimer à toute âge,
Pour plaire, hélas! il n'en est qu'un;
Des ans quand j'ai subi l'outrage,
Je dois devenir importun ;
Déjà de ton cœur qui palpite
Mon cœur n'est plus à l'unisson ;
Mon feu s'éteint, l'Amour me quitte :
    Adieu, Suzon.

Oui, pour la beauté qu'il couronne,
L'Amour veut de jeunes amans ;
Ne va pas au souffle d'automne
Livrer les roses du printemps :
Ah ! ma tendresse décrépite
Outrage ta verte saison ;
Quitte-moi, car l'Amour me quitte :
    Adieu, Suzon.

                    EUGÈNE DURIEUX.

# LE SOUVENIR.

## ROMANCE.

Air : *J'ai vu partout dans mes voyages*

Le temps, sur son aile légère,
Emporte avec lui le plaisir :
Image vaine et mensongère,
Qui fuit dès qu'on veut la saisir ;
Mais en sa course destructive,
A nos maux il sait compâtir ;
Car du plaisir dont il nous prive,
Il nous laisse le souvenir.

A Lise un jour avec mystère
J'osai promettre mon amour ;
Lise en tremblant, loin de sa mère,
Me promit le sien à son tour ;
J'ai vu sa frivole tendresse
Comme une ombre s'évanouir,
Et seul, hélas ! de ma promesse
J'ai conservé le souvenir.

Près du foyer, à la veillée,
Vois-tu ce vétéran assis
Charmer la foule émerveillée
Qui s'étonne de ses récits ?

Sur les combats et sur la gloire
Sa pensée aime à revenir ;
Il parle, et soudain la victoire
Lui transmet plus d'un souvenir.


La jeune et simple fiancée,
Belle de grâce et de pudeur,
Jusques au soir de l'hyménée
Garde le bandeau de l'erreur ;
Du bonheur qu'elle vient d'apprendre,
Le matin on la voit rougir,
Et son regard timide et tendre
Trahit le plus doux souvenir.


Espoir et trésor de sa mère,
Vers le saule, au déclin du jour,
Sous cette tombe solitaire,
Rose a disparu sans retour ;
Des plaisirs et de leur ivresse
Sa jeunesse allait s'embellir :.....
Grâces, plaisirs, beauté, jeunesse,
Vous n'êtes plus qu'un souvenir.


La gloire est enfin le partage
Et des vertus et des talens ;
Les grands noms volent d'âge en âge,
Portés sur les ailes du temps ;

Ma vie est courte et passagère,
Mon nom n'aura point d'avenir ;
Et j'aurai passé sur la terre
Sans y laisser un souvenir !

AIMER ET ÊTRE AIMÉ.

CHANSON.

Air : *On parle de philosophie.*

Fatigué de l'indifférence,
Je voulus connaître l'amour ;
D'abord heureux par l'espérance,
J'obtins bientôt tendre retour ;
Aimer, c'est embellir sa vie ;
Mais posséder le vrai bonheur,
C'est échanger contre son cœur
 Le cœur de son amie.

Aux premiers feux de mon ivresse,
Zulmé sourit timidement,
Sitôt elle fut ma maîtresse,
Mais je voulais le nom d'amant :...
Aimer, c'est embellir sa vie,
Mais posséder le vrai bonheur,
C'est échanger contre son cœur
 Le cœur de son amie.

Un soir je lui dis : je t'adore !
Son regard seul me répondit ;
Je devins plus pressant encore,
Et ma voix tremblante lui dit :
Aimer, c'est embellir sa vie,
Mais posséder le vrai bonheur,
C'est échanger contre son cœur
   Le cœur de son amie.

Enfin sa bouche a dit : je t'aime !
Dieux ! quel moment de volupté !
O délire ! ô bonheur extrême !
Je chantais, elle a répété :
Aimer, c'est embellir sa vie,
Mais posséder le vrai bonheur,
C'est échanger contre son cœur
   Le cœur de son amie.

Jules BEAUDOUIN.

# LES LUNETTES DE LA GRAND
## MAMAN.

### CHANSON.

Air : *J'ai vu souvent dans mes voyage*

Prenez garde à ce que vous faites,
Bonne maman !... réveillez-vous !...
Vous laissez tomber vos lunettes
Qui se brisaient sans mes genoux...
Sont-ils gentils ces yeux de verre !
Eh ! mais pourtant par ci, par là,
J'ai beau lorgner... ô ma grand'-mèr
Qu'on voit mal avec ces yeux-là !

Comme tout s'efface à ma vue !
A gauche, à droite, au loin, de près,
Je ne vois rien dans l'étendue
Qu'au milieu d'un brouillard épais ;
Sur moi-même essayons, à l'aide
Du petit miroir que voilà :...
Ah ! mon Dieu ! je m'y trouve laide
Qu'on voit mal avec ces yeux-là !

Oh ! je comprends pourquoi sans ce
Grand'maman me dit que Julien,
A travers sa feinte tendresse,
Lui paraît un rusé vaurien,...

LES LUNETTES DE LA GRAND MAMAN.

Qu'en vain de doux noms il m'appelle,
Qu'il me trompe avec tout cela ;
Enfin, qu'il doit m'être infidèle...
Qu'on voit mal avec ces yeux-là !

H. L. GUÉRIN.

# LES ENNUIS DE L'ABSENCE.

### ROMANCE.

*Musique de M. Lanson.*

Ne croyez pas que la fortune
Loin de vous m'offre des appas ;
Toujours son éclat m'importune,
Ses faveurs ne me touchent pas ;
Ma vie éprouve une lacune,
Loin de vous je n'existe plus !
Adieu ! plaisir, amour, Bacchus !

Ici, je vois pâlir la rose,
Bouton d'incarnat obscurci ;
Là, par autre métamorphose,
Chaque fleur changée en souci ;
Ah ! mon cœur m'en redit la cause :
Loin de vous, je n'existe plus !
Adieu ! plaisir, amour, Bacchus.

Tous les matins, le soir encore,
Parcourant vallons et coteaux,...
Je donne une larme à l'aurore,
Je murmure avec les ruisseaux,
Et foule aux pieds les dons de Flore:
Loin de vous, je n'existe plus !
Adieu ! plaisir, amour, Bacchus !

Quels chants joyeux écho répète,
Mes esprits sont anéantis ;
C'est de la timide fauvette,
Mère heureuse avec ses petits ;
Lorsque mon bonheur m'inquiète,
Loin de vous, je n'existe plus !
Adieu ! plaisir, amour, Bacchus.

Adieu pré, bois, nymphe jolie !
Adieu ruisseaux, vallons, guérets !
Sans mon Olympe et ma Julie ;
Si j'ai méconnu vos attraits,
En proie à la mélancolie,
Loin d'elles, je n'existais plus !
Adieu plaisir, amour, Bacchus !

LANSON.

DE L'IMPRIMERIE DE DUCESSOU
rue Saint-Jacques, n°. 67.

## JUILLET.

P.Q. le 9. P.L. le 1er. — D.Q. le 23. N.L. le 30.

|  |  |
|---|---|
| 1 | s. Martial. |
| 2 | Visit. de la V. |
| 3 | s. Anatole, é. |
| 4 | Tr. s. Martin. |
| 5 | ste. Zoë, mart. |
| 6 | s. Tranquill. |
| 7 | ste. Aubierge. |
| 8 | ste. Elisabeth. |
| 9 | ste. Victoire. |
| 10 | ste. Félicité. |
| 11 | Tr. s. Benoît. |
| 12 | s. Gualbert. |
| 13 | s. Turiaf, év. |
| 14 | s. Bonavent. |
| 15 | s. Henri, em. |
| 16 | s. Eustate, é. |
| 17 | s. Scérat et Co. |
| 18 | s. Clair. |
| 19 | s. Vinc. de P. |
| 20 | ste. Marguer. |
| 21 | s. Victor, m. |
| 22 | se. Madeleine |
| 23 | s. Apollinaire |
| 24 | ste. Christine. |
| 25 | s. Jacq. le m. |
| 26 | s. Christophe. |
| 27 | s. Pantaleon. |
| 28 | ste. Anne. |
| 29 | ste. Marthe. |
| 30 | s. Abdon, m. |
| 31 | s. Germain A. |

## AOUT.

P.Q. le 7. P.L. le 14. — D.Q. le 21. N.L. le 29.

| Jour | Quant. | Fête |
|---|---|---|
| sam | 1 | s. Pierre-ès-l. |
| D. | 2 | Suscep. ste. C. |
| lun | 3 | Inv. s. Etienne |
| mar | 4 | s. Dominique. |
| mer | 5 | s. Yon, mart. |
| jeu | 6 | Trans. de N.S. |
| ven | 7 | s. Gaëtan. |
| sam | 8 | s. Justin, m. |
| D. | 9 | s. Spire. |
| lun | 10 | s. Laurent, m. |
| mar | 11 | Susc. se. Cœur |
| mer | 12 | ste. Claire. |
| jeu | 13 | s. Hyppolite. |
| ven | 14 | s. Eusèbe. V.J |
| sam | 15 | ASSOMPT. |
| D. | 16 | s. Roch. |
| lun | 17 | s. Mammès. |
| mar | 18 | ste. Hélène. |
| mer | 19 | s. Louis, év. |
| jeu | 20 | s. Bernard, a. |
| ven | 21 | s. Privat, év. |
| sam | 22 | s. Symphorien |
| D. | 23 | s. Sidoine, év. |
| lun | 24 | s. Barthélemy |
| mar | 25 | s. Louis, roi. |
| mer | 26 | s. Zéphirin. |
| jeu | 27 | s. Césaire, év. |
| ven | 28 | s. Augustin. |
| sam | 29 | Décol. s. J-B. |
| D. | 30 | s. Fiacre. |
| lun | 31 | ste. Isabelle. |

## SEPTEMBRE.

P.Q. le 6. P.L. le 13. — D.Q. le 20. N.L. le 28.

| Jour | Quant. | Fête |
|---|---|---|
| mar | 1 | s. Leu, s. Gill. |
| mer | 2 | s. Lazare. |
| jeu | 3 | s. Grégoire, p. |
| ven | 4 | ste. Rosalie. |
| sam | 5 | s. Bertin, ab. |
| D. | 6 | s. Onésipe, é. |
| lun | 7 | s. Cloud, prêt. |
| mar | 8 | Nat. de la V. |
| mer | 9 | s. Omer, év. |
| jeu | 10 | ste. Pulquerie |
| ven | 11 | s. Patient, év. |
| sam | 12 | s. Serdot, év. |
| D. | 13 | s. Maurille. |
| lun | 14 | Exalt. se. Cr. |
| mar | 15 | s. Nicomède. |
| mer | 16 | ste. Eugén. V.J |
| jeu | 17 | s. Lambert. |
| ven | 18 | s. Jean Chris. |
| sam | 19 | s. Janvier. |
| D. | 20 | s. Eustache. |
| lun | 21 | s. Mathieu. |
| mar | 22 | s. Maurice. |
| mer | 23 | ste. Thècle, v. |
| jeu | 24 | s. Andoche. |
| ven | 25 | s. Cléophas, d |
| sam | 26 | se. Justine, v. |
| D. | 27 | s. Côme, s. D. |
| lun | 28 | s. Céran, év. |
| mar | 29 | s. Mel et arc. |
| mer | 30 | s. Jérôme. |

## OCTOBRE.

P.Q. le 5. P.L. le 12. — D.Q. le 19. N.L. le 27.

| Jour | Quant. | Fête |
|---|---|---|
| jeu | 1 | s. Remi, év. |
| ven | 2 | ss. Anges G. |
| sam | 3 | s. Cyprien. |
| D. | 4 | s. Franç. d'A. |
| lun | 5 | ste. Aure, v. |
| mar | 6 | s. Bruno. |
| mer | 7 | s. Serge et s. B. |
| jeu | 8 | ste. Pélagie. |
| ven | 9 | *s. Denis, évé.* |
| sam | 10 | s. Paulin. |
| D. | 11 | s. Firmin, év. |
| lun | 12 | s. Vilfride, év. |
| mar | 13 | s. Géraud, c. |
| mer | 14 | s. Caliste, p. |
| jeu | 15 | ste. Thérèse. |
| ven | 16 | s. Gal, abbé. |
| sam | 17 | s. Cethonnet. |
| D. | 18 | s. Luc, évan. |
| lun | 19 | s. Savinien. |
| mar | 20 | s. Sendou, pr. |
| mer | 21 | ste. Ursule, v. |
| jeu | 22 | s. Mellon. |
| ven | 23 | s. Hilarion. |
| sam | 24 | s. Magloire. |
| D. | 25 | s. Crépin, s. C. |
| lun | 26 | s. Rustique. |
| mar | 27 | s. Frumence. |
| mer | 28 | s. Simon, s. Ju. |
| jeu | 29 | s. Farou, év. |
| ven | 30 | s. Lucain, m. |
| sam | 31 | s. Quent. *P.J.* |

## NOVEMBRE.

P.Q. le 4. P.L. le 11. — D.Q. le 18. N.L. le 26.

| Jour | Quant. | Fête |
|---|---|---|
| D. | 1 | La Toussaint |
| lun | 2 | Les Trépassés |
| mar | 3 | s. Marcel, év. |
| mer | 4 | s. Charles B. |
| jeu | 5 | ste. Bertilde. |
| ven | 6 | s. Léonard. |
| sam | 7 | s. Willebrod. |
| D. | 8 | stes. Reliques |
| lun | 9 | s. Mathurin. |
| mar | 10 | s. Leon 1er, p. |
| mer | 11 | s. Martin, év. |
| jeu | 12 | s. René, év. |
| ven | 13 | s. Brice, év. |
| sam | 14 | s. Maclou. |
| D. | 15 | s. Eugène, m. |
| lun | 16 | s. Euchet, év. |
| mar | 17 | s. Agnan, év. |
| mer | 18 | ste. Aude, v. |
| jeu | 19 | ste. Elisabeth. |
| ven | 20 | s. Edmond, t. |
| sam | 21 | Prés. de la V. |
| D. | 22 | ste. Cécile. |
| lun | 23 | s. Clément. |
| mar | 24 | ste. Flore, v. |
| mer | 25 | ste. Catherine. |
| jeu | 26 | se. Gen. des A. |
| ven | 27 | s. Maxime. |
| sam | 28 | s. Sosthène. |
| D. | 29 | l'Avent. |
| lun | 30 | s. André. |

## DÉCEMBRE.

P.Q. le 3. P.L. le 10. — D.Q. le 18. N.L. le 26.

| Jour | Quant. | Fête |
|---|---|---|
| mar | 1 | s. Eloi, évêq. |
| mer | 2 | s. Fulgence. |
| jeu | 3 | s. François, X. |
| ven | 4 | ste. Barbe. |
| sam | 5 | s. Sabas, abb. |
| D. | 6 | s. Nicolas. |
| lun | 7 | ste. Fare, v. |
| mar | 8 | Conception. |
| mer | 9 | ste. Gorgonie. |
| jeu | 10 | ste. Valère. |
| ven | 11 | s. Fuscien, m. |
| sam | 12 | s. Damase. |
| D. | 13 | ste. Luce, v. |
| lun | 14 | s. Nicaise. |
| mar | 15 | s. Mesmin. |
| mer | 16 | ste. Adél. A.T. |
| jeu | 17 | se. Olympiade |
| ven | 18 | s. Gatien. |
| sam | 19 | ste. Meuris. |
| D. | 20 | s. Philogone. |
| lun | 21 | s. Thomas, ap. |
| mar | 22 | s. Honorat. |
| mer | 23 | s. Yves. |
| jeu | 24 | s. Delph. V.J. |
| ven | 25 | NOEL. |
| sam | 26 | *s. Etienne, m.* |
| D. | 27 | *s. Jean, apôt.* |
| lun | 28 | ss. Innocens. |
| mar | 29 | s. Thom. de C. |
| mer | 30 | ste. Colombe. |
| jeu | 31 | s. Sylvestre. |

De l'Imprimerie de DUCESSOIS, rue St.-Jacques, n°. 67.